BANQUET ALSACIEN.

BANQUET

Offert

aux Députés des Haut et Bas-Rhin,

PAR LES ALSACIENS RÉSIDANT A PARIS,

Le 30 Septembre 1830.

PARIS

RUE LOUIS-LE-GRAND, N° 35.

OCTOBRE 1830

Le banquet offert par les Alsaciens aux Députés des Haut et Bas-Rhin , a eu lieu le 3o septembre aux Vendanges de Bourgogne. La plus franche cordialité animait cette réunion de famille , à laquelle assistaient plus de deux cents personnes, de tout rang et de tout âge. M. *Alexandre de Laborde* présidait le banquet; M. *George Lafayette,* l'honorable *Benjamin Constant,* et tous les députés de l'Alsace occupaient le milieu de la table; et bientôt des cris d'enthousiasme et de joie ont annoncé l'arrivée du général *Lafayette*.

Certes, quand on a vu ces braves citoyens, qu'on a entendu l'expression de leurs sentimens, à la vue des drapeaux tricolores qui pavoisaient la salle, on est bien tranquille sur le sort de la France et sur le maintien de nos libertés; car l'esprit qui les anime est celui de tous les Français.

De nombreux applaudissemens et des cris répétés de vive le Roi! ont accueilli ce toast porté par M. Delaborde :

« A Louis-Philippe I.ᵉʳ et à son excellente » famille! A ce Roi-citoyen qui s'est dévoué » pour le bonheur de la France! Notre amour » pour lui sera toujours une vérité.

M. Charles Thomas (de Colmar), commissaire du banquet, a lu une pièce de vers remplis de patriotisme, où il fait l'éloge de l'Alsace et de ses Députés.

Un jour plus beau s'est levé sur la France !
Un peuple généreux a reconquis ses droits.
    Saluons notre indépendance ;
    Saluons le règne des lois !

Aux bords du Rhin un cri s'est fait entendre :
  « Paris s'est levé pour vous rendre
  » Votre gloire et vos libertés ! »
    Et la glorieuse auréole
    Qui guidait les soldats d'Arcole
    Soudain flotta sur nos cités.

    Ah ! de cette terre chérie
    Vous savez les nobles efforts ;
    Vous savez avec quels transports
Elle accueillait les mots de gloire et de patrie !
    Vous connaissez les noms fameux
De vos frères guerriers qu'éleva la victoire ;
    Un jour les pages de l'histoire
    Les apprendront à nos neveux.

    Nous sommes fiers de leur courage ;
    Et, pour achever leur ouvrage,
    Vous voyez à quels Députés

Un peuple industrieux et sage
A confié ses libertés.

O vous qui de nos droits avez pris la défense,
De vos concitoyens heureux
Aujourd'hui recevez les vœux,
Et le tribut de leur reconnaissance.

Députés, au sein de la paix,
D'un trône rajeuni soutenez l'édifice ;
Pour que votre œuvre s'accomplisse,
Comptez toujours sur le peuple français.
Et si jamais une ligue étrangère
Vers notre sol osait porter ses pas,
Les Alsaciens défendraient la frontière :
Nos ennemis ne la passeraient pas.

Après cette lecture, M. Thomas a porté le toast suivant :

Aux députés de l'Alsace ! Leur courage et leur éloquence ont puissamment contribué au salut de la patrie etde nos libertés. Nous leur vouons une éternelle reconnaissance.

M. Benjamin-Constant, au nom de ses collègues, a répondu en ses termes :

MESSIEURS,

Je viens vous exprimer la reconnaissance profonde de vos Députés du Haut et Bas-Rhin, pour les témoignages de satisfaction que vous voulez bien leur accorder. Nous avons tâché de les mériter par notre zèle et notre résistance légale à un gouvernement long-temps hypocrite, enfin sanguinaire, et qui a terminé, par le massacre, une déception longue et calculée. Je dis notre résistance légale, parce que j'aime à proclamer que nous ne sommes sortis de la sphère des lois que lorsque le parjure nous a contraints d'en sortir: alors nous nous sommes réunis à cette héroïque population de Paris, qui s'est couverte d'une gloire immortelle, en repoussant, bien que désarmée et surprise, la tyrannie qui fondait sur elle à l'improviste. Mais, Messieurs, en rendant à la population parisienne ce tribut si bien mérité d'éloges, je rappellerai que l'Alsace n'est pas restée en arrière de ce noble mouvement. Avant de connaître les événemens qui, à Paris, avaient sauvé la France, l'Alsace avait organisé sa lé-

gitime et généreuse défense. Partout des hommes éner-
giques ont formé des commissions municipales qui,
remplaçant des autorités équivoques et flottantes, ont
arboré nos couleurs chéries, et mis en sûreté cette
barrière de fer confiée tant de fois et toujours avec tant
de succès à la valeur Alsacienne. Grâce aux efforts
réunis de la capitale et de la France, la victoire est
restée à la justice et à la liberté. Nous avons triomphé :
c'est consolider qu'il faut. L'union, l'ordre, le respect
des lois en même temps que l'activité, l'amélioration,
le progrès dans l'administration qui nous régit, tels
sont les moyens d'affermissement du trône populaire
sur lequel nous avons placé un Roi citoyen, dont l'esprit est ouvert à tout ce qui est généreux, dont le cœur
palpite pour tout ce qui est national et glorieux pour
la France. Pour nous surtout Alsaciens, car vous m'a-
vez autorisée à prendre ce titre qui fait mon bonheur
et mon orgueil, pour nous Alsaciens, l'ordre et la liberté combinés sont dans nos vœux, dans nos be-
soins, dans nos habitudes. De temps immémorial
cette heureuse combinaison a fleuri dans ces départemens d'Alsace, où des villes libres jouissaient d'un
gouvernement sage et paternel; dans ces départemens
d'Alsace, qui n'ont consenti à devenir parties de la
France, qu'en stipulant pour leurs libertés qui étaient
alors des priviléges, et qui en 1789 ont noblement sa-
crifié ces priviléges pour favoriser la régénération gé-
nérale et la commune liberté. Honneur à ce double
sacrifice, à cet exemple rare et sublime de désintéres-

sement et de sagesse. Vos aïeux l'ont donné ; vos pères ont imité cet exemple ; et comme vos aïeux et vos pères, vous marcherez inébranlables dans la route de l'ordre et de la liberté. Toutes les générations sont empreintes de cet amour de légalité, de ce respect pour la loi, qui font à la fois la force et la prospérité des états : La jeunesse elle-même comme mûrie par une expérience anticipée seconde partout les amis de la paix publique ; son activité se déploie pour tout ce qui est légal et régulier.

Vos Députés, Messieurs, marcheront sur vos traces : vous leur indiquez la ligne qu'ils doivent suivre. Ils la suivront avec fermeté sans rien céder sur les droits du peuple, sans vouloir ébranler ce qui est nécessaire dans le pouvoir constitutionnel. S'ils sont assez heureux pour remplir vos vues, ils le devront à vous, et c'est votre sagesse qui les aura inspirés.

Honneur à l'Alsace, gloire à sa population prudente et belliqueuse, dévouement éternel à ses intérêts et à ses droits.

M. Javal jeune, vice-président du banquet, a porté le toast suivant :

Au commerce et à l'industrie qui ont placé la France au premier rang des nations ! aux commerçans dont le zèle électoral et l'énergie patriotique ont eu tant de part à notre dernière révolution !

M. Bentz, capitaine de la garde nationale , commissaire du banquet :

A l'illustre Lafayette! Il a porté la liberté dans les deux mondes. Son nom est béni de tous les peuples. Sa gloire est immortelle.

Toutes les voix ont répondu : Vive Lafayette ! et le brave général a témoigné ses remercîmens par le discours suivant, après avoir exprimé sa reconnaissance et ses regrets de ce que des devoirs impérieux ne lui avaient permis que d'assister à la dernière partie du banquet.

Mes liens avec l'Alsace, a dit le général Lafayette, sont bien anciens ; c'est le vieux ami de Dietrich et des autres patriotes alsaciens de 89 qui vient s'asseoir au banquet civique donné par leurs enfans. A une époque plus récente, lorsque fatigué des insolentes concessions et des pâles espérances d'une charte octroyée sous les auspices du drapeau blanc, j'avais déclaré à la tribune que la moindre violation de cette charte nous rendait à toute l'indépendance de nos droits et de nos devoirs ; lorsqu'en conséquence je cherchais où pourrait être replanté le drapeau tricolore , symbole de la souveraineté nationale , c'est vers la belliqueuse et patriotique Alsace, vous le savez, Messieurs, que se portaient mes regards et mes pas. Aujourd'hui l'œuvre de la liberté est opérée ; il ne s'agit plus que de la consolider , pleine , entière , sans restriction comme sans alliage , autour du Roi-citoyen que la volonté publique a placé sur un trône populaire ; car il faut que la victoire du peuple soit au profit du peuple entier ; et si jamais des combinaisons étrangères de despotisme et d'aristocratie prétendaient troubler notre repos , je n'hésite pas à dire que jamais la France ne fut si forte que dans ce moment où , s'armant toute entière , elle est couverte de bataillons de gardes nationaux pleins d'une ardeur patriotique ; et en addition à ces immenses moyens de résistance , ne trouverions-nous pas chez les agresseurs eux-mêmes d'autres bataillons nombreux , avides de liberté , prêts à se lever pour nous ? Soyons donc pleins de confiance, Messieurs, et recevez de moi le toast suivant :

« A la Garde Nationale alsacienne , avant-garde du patriotisme français ! Aux deux départemens de l'Alsace , boulevard solide de la liberté et de l'indépendance nationales ! »

M. Louis Thomas , commissaire du banquet:

Aux journalistes courageux dont l'énergique résistance a donné l'élan, à notre glorieuse révolution !

M. Félix Desportes :

A Jacques Laffitte, président de la Chambre des Députés! sa probité fut la base de son opulence; son élévation politique est le prix de son courage, de ses vertus et de son savoir ; sa modestie, au milieu de tous les honneurs dont l'environne la confiance de ses concitoyens et de son Roi, commande le silence à l'envie; et la liberté renaissante le proclame un grand citoyen.

Qu'il vive !

M. Ramel, commandant de la garde nationale :

A l'Armée Française ! Rien n'a pu étouffer dans son sein l'amour de la gloire et de la liberté. Elle défendra toujours le drapeau qui a vu tant de victoires.

M. Heilmann, commissaire du banquet, a porté la santé du président :

A notre honorable président, Alexandre de Laborde! Son nom se rattache à toutes les institutions utiles.

Et de cette voix noble et ferme qui poursuit du haut de la tribune la tyrannie et les abus, M. Delaborde a répondu :

Je manque d'expressions, Messieurs, pour vous témoigner ma reconnaissance du double honneur que vous venez de m'accorder.

Vous m'avez choisi pour remplacer à la présidence de votre banquet, le héros des deux mondes, qu'aucun des deux mondes ne pourra jamais remplacer.

Vous m'avez choisi pour présider une réunion où je vois la gloire de nos armées dans la personne de deux généraux illustres, vos compatriotes ; le génie du commerce dans plusieurs de vos députés ; l'éloquence de la tribune dans un autre que vous venez d'entendre avec tant d'émotion ; l'honneur de la magistrature ; et enfin dans vous tous, Messieurs, les meilleurs Français, les plus ardens patriotes, avec lesquels la garde nationale dont je fais partie est heureuse et fière de fraterniser.

Messieurs, dans nos journées glorieuses de juillet,

bon nombre d'Alsaciens ont paru dans les rangs de la milice de Paris ; à notre tour, nous espérons bien que, si la guerre a lieu, vous nous admettrez dans vos rangs pour la défense du sol sacré de la patrie. C'est là, Messieurs, que j'espère trouver l'occasion de me rendre digne de la faveur que vous venez de m'accorder, et dont je vous renouvelle ici tous mes remercîmens.

Enfin, M. Apffel, poète alsacien, a fait entendre les vers qu'il a composés pour cette réunion. Les convives ont accueilli avec transport les souvenirs de Strasbourg et les noms des généraux qui sont nés sur les rives du Rhin. Ils ont surtout applaudi au passage suivant :

> . . . . Jetant le masque on a vu les tyrans
> Mitrailler tout un peuple, égorger nos enfans....
> Vos sabres, Parisiens, vos pavés et vos balles
> En trois jours ont brisé ces trames infernales.

Il est inutile de peindre l'enthousiasme général à chaque toast, et surtout aux discours de Messieurs Lafayette, Benjamin Constant et Delaborde.

La fête a été terminée par une quête au profit des blessés des 27, 28 et 29 juillet.

www.ingramcontent.com/pod-product-compliance
Lightning Source LLC
LaVergne TN
LVHW050427060726
842526LV00007B/2476